月亮集
Laluna

千里北上

毛圣昌 —— 著

南京师范大学出版社

图书在版编目(CIP)数据

千里北上 / 毛圣昌著. —南京:南京师范大学出版社,2017.7
(月亮集)
ISBN 978-7-5651-3389-3

Ⅰ.①千… Ⅱ.①毛… Ⅲ.①诗集-中国-当代 Ⅳ.①I227

中国版本图书馆 CIP 数据核字(2017)第 121289 号

书　名	千里北上
丛 书 名	月亮集
作　者	毛圣昌
策划编辑	郑海燕
责任编辑	王雅琼
出版发行	南京师范大学出版社
地　址	江苏省南京市宁海路 122 号(邮编:210097)
电　话	(025)83598919(总编办)　83598412(营销部) 83598297(邮购部)
网　址	http://www.njnup.com
电子信箱	nspzbb@163.com
照　排	南京理工大学资产经营有限公司
印　刷	南京爱德印刷有限公司
开　本	787 毫米×1092 毫米　1/32
印　张	5.5
字　数	108 千
版　次	2017 年 7 月第 1 版　2017 年 7 月第 1 次印刷
书　号	ISBN 978-7-5651-3389-3
定　价	28.00 元
出 版 人	彭志斌

南京师大版图书若有印装问题请与销售商调换

版权所有　侵犯必究

自序

这是我的第二本诗集,也是我从南京到北京,千里北上后写的诗歌的选集。她记录了我这两年多来的北漂心情,是那时那刻的捕捉和录影。有些虽然后来连自己都无法忆起,但重新翻看这些诗歌时,她们又被串成光影,投放起当时的心灵故事,不过肯定不止 3D,因为还包含了那么多的心情。

"北漂"这个词听说过很多年,但以前的理解其实都是靠想象。没有离开过江苏的我,就算是在上海盘桓的那一两年,也都没能体会"漂"的真实含义。拖着已过而立的年龄千里北上,不管是什么原因,远离故土亲朋,看不一样的山,喝不一样的水,吃不一样的饭菜,居住在公共宿舍里,就无根无据真正"漂"了起来。从此,在这秋风骏马的北国,我的生活甚至生命都将在这里漂浮摇曳。

我不知道自己是怎样适应了北方的干燥,或许是那次连续半个月的高烧、鼻血、蜕皮给了我必要的改造。我也不知道从什么时候开始,下班后经常会去点碗面当晚饭吃,可在过去的三十多年里,面条几乎是我的天敌。以前读到乡愁,都需刻意去品味却依然不知其中滋味,可如今,我经常在深夜的阳台上,遥想杏花春雨的江南,怔怔地看着明月,最后又在叹息中辗转入眠。

　　人是群居动物,需要亲朋好友,需要各式各样的圈子角色,好像只有那样错综复杂的社会关系才能将你的生活交错编织得五光十色。可刚来的时候,偌大的北京城几千万人口中,我只有三两个高中同学,且是毕业后十几年都未曾谋面的陌生熟人。再就只有一位视之如姐、认识近十年的老朋友,仅此而已,其他都是新认识的同事。三两个陌生的同学,一个朋友,还有生疏的同事,稀少的角色,单薄的圈子,显然织不出生活所需的那张饱满的网,充其量不过是稀疏的点与线。日日忙碌工作的背后,精神自然变得沉闷而苍白、无处寄托,好在我爱看书,爱写诗歌,自然而然地就将我的精神安放进这片田地,在里面耕作,乐此不疲。在孤单、寂寞、悲伤、喜悦甚至平平淡淡的时候,我都要对我说上几句,向自己倾诉自己,把这些随便找张纸写下来,或者干脆打进手机发在微信上,这就是我的诗歌了。

　　诗歌,是我千里北漂时间的剪影,是我心境的截屏,是我生活的电影。这里有我的七情六欲,这里有我的人生秘密。如此,结集,期待与同路同行的你——也在漂摇浮波的人——分享。

目 录

自序 /1

辑一 围剿

围剿	/3
失神	/5
站住	/7
清秋心	/8
悲伤颂	/10
滔滔两岸潮	/12
内心的烟火	/14
公主坟的乌鸦	/15
我在时间里深坐	/19
突然感到好孤单	/21
我怀抱诗句在哭泣	/24
我有一颗丁零的心	/26
我向眼睛滴进淡黄的液体	/27
我在白日里穿行于蓝色的风	/29

辑二 日月星辰

一道光 /33

傍晚的雨	/ 36
静谧的夜	/ 39
寒夜晚风	/ 41
午后暖阳	/ 43
平原落日	/ 45
夕阳和残雪	/ 47
静静的阳光	/ 50
流浪的星光	/ 52
拥挤的夜晚	/ 53
灯下的新月	/ 55
长安街的车灯	/ 57
当黄昏降临大地	/ 59
我在夜里奔跑	/ 61
阳光在天空中舞蹈	/ 63

辑三 似水流年

浮萍	/ 67
秋意说	/ 69
末法季	/ 71
似水流年	/ 73
小草微微	/ 75
前尘落叶	/ 76
如果可以	/ 77

我在等待	/ 82
凋零的时光	/ 84
旋转的木马	/ 85
婴孩和老人	/ 87
九月·天空	/ 89
我乘着时光旅行	/ 91
最浪漫的事,没有之一!	/ 93
一只盖了盖的可乐空瓶子	/ 94

辑四　无花果

无题	/ 99
诺言	/ 101
一次对话	/ 103
一种游戏	/ 107
天堂隔壁	/ 109
考验轮回	/ 111
谁是谁非	/ 113
现实与梦想	/ 115
我愿是朵云	/ 118
我被取名成唐	/ 120
我有一颗种子	/ 122
当梦结出无花果	/ 125
黑洞的呼喊——引力波	/ 127

我将用一只眼睛看世界　　　　　　　　　　　/ 129

辑五　九层塔

第一层　忘情塔　　　　　　　　　　　　　/ 135
第二层　塔忘情　　　　　　　　　　　　　/ 138
第三层　情殇　　　　　　　　　　　　　　/ 144
第四层　谁伤了谁？　　　　　　　　　　　/ 148
第五层　如何解脱？　　　　　　　　　　　/ 151
第六层　奈何桥边　　　　　　　　　　　　/ 156
第七层　阿夕　　　　　　　　　　　　　　/ 160
第八层　重生　　　　　　　　　　　　　　/ 164
第九层　忏悔　　　　　　　　　　　　　　/ 168

辑一

围剿

围剿

我倚靠椅背,
仰望天花板,
预感到阳光将会破顶而入,
像垂直绳降的特种兵训练有素,
将我灿烂地包围。

它们要围剿我胸中的黑暗,
用火力十足的突击步枪击碎难过的锁链,
用威力强大的榴弹手雷摧毁悲伤的地堡。
黑暗无法抵挡、一路溃逃,
慌忙退据于我的心中,
那里成了它们最后的堡垒。

黑暗虽早已脆弱不堪,
但那堡垒四通八达逃逸便利,
它们可以潜伏进血液,
可以流亡于身体,
伪装成生命的平民藏匿。
待夜晚降临大地,
它们又将汇集,

重新占据身躯和梦里。
可这个光天化日下的阴谋
已被识破,
于是我被押解到窗口,
迎着太阳的加农炮,
准星下的胸膛,
起伏着视死如归的希望。
一束光的重炮击穿了胸膛,
爆破了我悬挂的心脏,
那里黑暗的鲜血四溅,
那里恐惧的祭坛崩裂,
那里燃烧成一片闪亮的灰烬。

在时间的另一头,
特种兵分成数十个战斗小组,
用光的利刃切开所有静脉的出口,
埋伏在那里歼灭残存逃亡的黑暗,
一丝一缕也不放过。
尽管我感到失血过多,
晕倒在椅背上,
但嘴角弯起了弧度,
午后的阳光将把我修复重生。
今夜,
当黑暗再次降临,
我的心胸将是一片光明。

失神

一个眼神，
望穿了田野，
惊呆了夏季，
失神的大树愣在原地千年，
那条杂草丛生的小路
延伸至神经伤口的深处。

痛在伤口深处发炎，
炼化的毒素连时间都无法解除，
怕死的人们却乐此不疲，
早已背叛了伊甸园那棵智慧树。
这一定是上帝开的玩笑，
或是早就设好的局，
还是失手施下了连他自己都解不了的蛊。
每转一世，又转千年，
只是添加了传说无数，
犹如在故事的烤肉上撒了一遍遍孜然，
浓了口味，
却更加欲罢不能。

或许有一天，
上帝醉了，
时间累了，
我们趁着大家都睡了，
扒开一层层历史的窗户，
跳进时间的来龙去脉，
去找爱的存在。

站住

在明日大地上，
你和我站成一棵棵树，
在灿烂的时光中，
长满信念的枝头开出朵朵希望。
虽然天际边风雨早已埋伏好，
历史的四季也莫测变幻，
那片片信念或许下一刻就坠落尘埃，
朵朵希望也都有可能枯萎成失望。
但不要害怕，
站住，
在大地深处，
交错横生的理想已深深扎入未来的泥土，
贪婪地吮吸梦想。
不用去害怕滔天的失意洪水淹没出绝望的恐惧，
不用去担心忧愁的野火烧光所有同路者的森林。
甚至不要害怕死亡，
就把它看成是我们用一生时间的追逐！
我们要站在明日大地上，
时光不老，
精神永恒，
你我就不会亡！

清秋心

夜已浓到极致,
秋似帷幕初启,
我倚住这如水的夜色,
我倚住这多愁的清秋。
看月色朦胧,
白云懒散,
星光暗淡,
光阴迟缓。
逃出窒息的单元间吧,
在小区的绿地里,
我渴望找一块空地,
把孤单和希望卸载,
把伤心和失落搅拌,
我要在这里盖上一间小屋,
安置我不安的心灵和疲惫的灵魂。
在这里,
倾听秋虫的和音,
孤雁的悲鸣;
感受白露落草的颤动,

风过柳梢时的惶恐。
天空真的空了,
星星打起瞌睡闭上了眼睛,
月亮也拉来一大朵云蒙头大睡,
我却失眠在睡梦里。
拿出诗篇来点燃照亮吧!
那经年累月的积累,
够不够我坚持到天明?

悲伤颂

反复的哭泣,
终于唤醒了墓碑后的悲伤,
他头发灰白,
形容憔悴,
双眼毫无光彩,
怔怔地看了我一眼,
长长叹了口气,
起身抖了抖身上挂满的痛苦和哀愁,
洒落了一地。

回忆搅拌着甜蜜和别离,
弥漫了周围的空气,
啜泣声声回荡在黎明、午后、黄昏和梦里,
我还嗅到了死亡的气息。
悲伤问甜蜜:
你为何要哭泣?
甜蜜回答:
因为蜂群飞来又飞走,
还带走了所有的花蜜,
就只剩下将要枯萎的花朵和果实的空头承诺。

悲伤问别离：
你为何要哭泣？
别离回答：
因为水中的鱼儿已被急流冲散，
天上的鸟儿已被风雨隔离，
就只剩下我自己在黑夜里孤苦伶仃。
悲伤问回忆：
你为何要哭泣？
回忆回答：
因为记忆已无法更新无法延续，
却还要被时间不断抹去，
当记忆再无法快退，
往事再无法重播，
我将变成灰烬，
永无天明。

悲伤听完笑了，
露出白森森的牙齿，
那里啮食过成堆的尸体，说：
我只与死亡作伴，
花朵枯萎至少还有果实期待，
别离之后也会有重逢相聚，
回忆定格只需再摁一次按键，
就这些还不配上我的宴席。

滔滔两岸潮

我在失忆的晴天下,
走在历史的荒原,
踩着真真假假的真相,
深一脚浅一脚,
在追寻高攀的理想。
死亡已等在百年之处要将我截杀,
我紧一步慢一步地逼近,
用死亡威胁死亡:
要么不朽,
要么同亡。

如水的青春,
被灌满了红尘,
和成了或稚嫩或成熟的稀泥,
被岁月逐一风干。
回忆把它切割成砖,
码在时光之途的两侧,
郑重地刻上:
到此一游,

后会无期。

时光之途上,
谁在向时间更深处走去?
一襟落寞的晚照,
拉长了身后忧郁的背影,
那里掩藏了多少秘密。
是风雨中的孑立,
还是墓碑前的哭泣?
到底有多少个你曾经同行,
又有多少个自己早已阵亡?
如今,
灵魂已经重伤成谜,
驮着他你准备再走多久?
没有回答,
只有越来越长的背影。

人生多寂寥,
滔滔两岸潮!

内心的烟火

在内心深处埋藏了一处烟火,
无人知晓它的下落。
当失速的热情点燃整个心房,
也终会把它引燃。
浩然一声,
冲天而起,
疾如飞箭,
快若流星。
燃烧着寂静的火焰,
失落地在心空中分散爆炸,
开出朵朵孤单闪亮的花,
又很快消融于黑暗。
只有漫天坠落的火泪,
将余温带回,
告诉这心里曾有一场璀璨。

公主坟的乌鸦

白昼下的公主坟,
车水马龙鼎沸人声,
上演着各色折子戏。
每当夜幕从天外缓缓降落,
待最后一缕阳光像蜡烛的青烟一样熄灭消散,
就在我们头顶上天空的某一处,
那里黑暗浓厚多汁,
肉眼也不及。

一团黑色的光突然闪烁,
一团黑影生硬地复活,
一声黑色的叫声像黑色的闪电遽然划过黑色的夜空,
在黑色的寂静里泛起伤痕。
我站在原地战栗着,
像被双黑色的眼睛俯视笼罩,
在心底浮升起莫名的恐惧。
我保留着最后一口喘息,
死盯着那里,

等待谜底。

终于一切越来越低越来越近,
借助颤抖的霓虹灯散射进夜空的微光,
我看见了一只黑色的鸟,
一只通常只盘旋在荒野坟岗的鸟,
因为它们在那里相约腐尸,
与鬼魅共享。
如今,
这里是帝都三环,
人流湍急,
车洪决堤,
灯火连营,
声声不息,
为何有它?

像在看不见的夜空黑暗深处,
撕裂了时空穿越而来;
像在时间的长流中走失的历史碎片,
遗落在今世之岸;
像是前朝往事里被逼逃跑的孤魂,
游荡到了这里避难。

就在我冥思苦想之际，
那黑暗的夜空像是放起了黑色烟火，
在天空中绽开团团黑色的礼花，
让夜空璀璨如黑洞吞吐着黑色的光团。
每朵烟花缓缓坠落近前，
都幻化成那只黑色的鸟，
一朵两朵，一只两只……
十朵百朵，十只百只……
在那高得看不见的黑夜深处，
好似有一个巨大的裂口，
有一个巨大的簸箕，
在向我们这个空间倾倒这些奈何桥边扫落的残枝败叶。
越来越多的黑鸟，
数以百计或以千计，
扑腾而来，
我的恐惧早已崩溃蒸发，
莫名的兴奋应接不暇。
看着道旁树枝被占领得密密麻麻，
出奇的寂静。

就像冬日里这些枯树盛开了千朵万朵的花，
黑色的，

飘散着孤独。
就像冬日里这些路灯挂上了千盏万盏的灯,
黑色的,
燃烧着寂静。

这里是公主坟,
这里埋葬着两个公主,
几百年前,
在如花的年龄。

一切归于寂静!

我在时间里深坐

我在时间里深坐,
想坐化成虚无,
可以自由地穿梭。
秦关汉月,还有,
你忧愁的源头,
在那源头撒下失误的魔咒,
为你解忧。

我在时间里深坐,
这具泥胎的躯壳已风化成埃,
将你伤心的种子掩埋。
最后一丝的执念是祈求一场春雨,
来把已经龟裂的记忆大地灌溉。
那颗种子终于发芽,
开出一朵并蒂莲花并不白,
却是艳红欲滴,
在我坐化泥胎的地方。

我在时间里深坐,

年轮已变幻成皱纹,
在我的额头装扮一层层深沉。
我用回忆粉刷了它,
用思念刻画了它,
又用叹息涂抹掉了它。
有一天,
或许你可以用哭泣冲刷开层层深沉,
用泪滴还原出被涂抹掉的笔痕,
那里有我最深处的秘密,
你看了后谁会心疼。

我在时间里深坐,
短短百年春秋,
不过幕起幕落,
怎容得你我这般错过!

突然感到好孤单

工作到了点，
我想加班，
把明天要做的事都做完。
工作到了点，
我想吃晚饭，
慢慢地吃，
把长夜都吃完。
可今天的我，
一个人坐不住在座位上，
一个人也不想去吃什么饭，
突然感到好孤单。

夜晚，
在喧嚣的长安街，
在拥挤的人行道，
我提着包拉着我的背影在穿梭。
还是躲进地下的通道吧，
蹲坐在地铁歌手的身旁，
歌声充耳不闻。

其实我只想找个角落去等,
等大家朋友们已围坐在聚餐的餐桌,
等万家家人们都动起了筷子,
那时街上的人稀疏了,
我再独自迈步,
突然感到好孤单。

向前走了几步,
踌躇;
向后折回几步,
犹豫:
我是该赶回宿舍?
可是那里也是黑着屋子。
还是该回到单位?
估计也是人去楼空。
就这样吧,
在街上闲逛信步,
胃早已闭口,
眼睛也盲于霓虹灯的闪烁,
耳朵听见的只有寂静。
伸出手想拥抱,
只有空气;
清清嗓子想说话,

却又厌倦了自言自语。
这个城市很大很大,
但我的世界很小很小,
我想走啊走,
累了就停下来,
困了就找间旅馆住下来。
南北东西是哪里,
都不重要。
难道人生就是如此?
其实人生好像如此。

我怀抱诗句在哭泣

眼泪一滴推着一滴，
滴落在我的衣襟，
犹如一朵朵雪花簇拥在一起开放，
冰冷而广阔，
广阔堪比黑夜。
黑夜里的乌云沉默不语地积攒了很多话语，
天空终于承受不住他，
用闪电为大地揭示半边天宇。
可要说的话太多，
说得也太快，
没来得及说明白已经哽咽出暴风雨。
我怀抱诗句，
在暴风雨里哭泣。

黑夜里一只黑色的鸟，
在黑树林里一闪即逝，
留下的那团黑色的光芒，
打破了我与暴风雨的对峙。
我唱响我的诗句如梵歌，
我要复活百年后死亡的自己，

跟他签一纸妥协契约，
将灵魂质押给他，
将自由赊贷给我，
到期生死两清。

我怀抱诗句在哭泣，
在风和日丽的早上。
蓝天太蓝，
蓝得心疼；
白云太白，
白得心疼。
我没有了灵魂心所以疼。
该把自由投资给谁，
赚取几倍的收益，
到那时用硬币砸穿地狱的屋顶，
提前还贷连同本息。

我怀抱诗句在哭泣，
在没有了梦想的明天里，
在没有了你的街角，
在没有了方向的大海，
在没有了信仰的佛堂，
在没有了所有的有，
在有了所有的没有，
我该如何哭到烂醉如泥？

我有一颗丁零的心

我有一颗丁零的心,
当喜悦吹来时,
它会丁零地响,
发出清脆欢快的声音。

我有一颗丁零的心,
当忧伤袭来时,
它会丁零地响,
发出沉闷孤独的声音。

我有一颗丁零的心,
当少有的宁静沐浴时,
它会丁零地响,
发出轻巧随意的声音。

我有一颗丁零的心,
当热情将它燃烧得火热,
又用绝望将它冷浸,
它也会发出丁零的声响,
从内心深处龟裂成闪耀的花纹,
你一碰就会破碎一地!

我向眼睛滴进淡黄的液体

我仰坐在靠椅上，
将淡黄的液体滴进眼里，
化开眼前沉重的迷雾和困惑的霾。
在亿万光年之外，
阳光匆匆赶来，
穿过虚伪的玻璃，
照进我透明的背脊，
一团悬挂在生命左侧的肉受惊而跳动不已，
大口喘息将惊扰袭遍身体。
灵魂趁机躲藏进阴影里，
战战兢兢窥视着光明里演绎的秘密。
眼睑微闭，
我看见迎面的天花板全部被渴望化开去，
像一团燃烧在纸张中心的火焰，
一同化为灰烬的还有我上面十八层楼宇，
一片湛蓝的天，
空空的呈现。
看不见鸟羽，
也看不见微风，

甚至连白云都失去。
目光在天空里不断前行，
无法停止，
在更深更深的深处越来越快地前进，
让我感到越来越恐惧和窒息，
担心被吸进虚无的追忆里。
没有终点，
没有起点，
没有轨迹，
有的只是越来越快的不停。
赶紧睁开眼，
闭上了那块蓝天，
背脊温暖，
灵魂已挥发成空气，
在阳光下进行着洗礼。
可我的眼窝里充满了淡黄色的液体，
分明掩饰着哭泣，
可是阳光下的眼泪，
毫无意义，
也可以充满意义。

我在白日里穿行于蓝色的风

白日当空，
光天化日，
蓝色的微风缠绕在我的周身，
那里面凝结着忧虑。
它钻入我的身体，
穿梭于我的静脉，
让鲜红的活力暗沉，
流经我生命的万水千山，
还攻克了毫无防备的心房，
灵魂也被俘，
背叛也迅速，
从此，
日夜不停地为它生产给养服务。
无处可逃的我，
迷迷糊糊间投宿于梦中，
却依然难以逃脱追捕，
刀枪剑戟下我坐在了谈判桌前，
准备和包括忧虑在内的情绪联军签一纸不平等条约，
却等来了一场忧虑的自我救赎式的宣判

和一个预言式的答案：
"请放开我，
我需要自由，
我的自由即是你的自由。
请远离我，
我已罹患精神疾病。
如果哪天我发作，
逼你入墙角，
请勇敢出战，
并坚持住，
相信你一定可以胜利，
因为无论如何，
毕竟我只是片刻的你！"

辑二

日月星辰

一道光

在清晨的路上,
空气优良,
朝霞刚刚羞红天边。
一道光从我的脑门照下,
照进我的心里,
就如在乌云密布的苍穹,
一道光撕开缝隙照射而下。
照在大地,
将宁静铺洒,
将希望点燃。

照在我心上的这道光啊,
是那么灿烂耀眼,
让我不敢直视。
可我的心感受到了热烈,
鲜红的活力开始沸腾,
心更加有力地搏动,
那是在欢呼,
将汩汩活力催促向四方,

让还在阴暗荆棘里前行的四肢，
收到鼓舞和力量。

穿过我脑门的这道光啊，
盘踞在那里的思想受到了惊吓，
纷纷躲避，
陷入沉默，
因为他们害怕大白于天下。
他们只在疑惑里制造神秘，
蛊惑人心，
总是编织未来的谎言恐吓现在。
可思想你还能躲避到哪里去？
是逃到脑后隐姓埋名？
可那里于你如沙漠于活鱼，
毫无生机。
还是乘着血液向四周逃离？
别忘了那里还有心在阻击，
因为他早已成为这道光的虔诚影迷。
我劝你还是投降吧，
来到光的温暖怀抱里。
如果你不习惯在光天化日下思考，
那么我可以和你约定，
还让你潜回黑暗里，

不过是作为我的卧底。
就让你在那儿尽情地思考和潜伏观察,
将我的懒惰、自满的骄傲、恶念、
无知、怯懦、优柔寡断,
都一一举报,
让我背上达摩克利斯宝剑前行吧!
最后在我这一生的丰碑上和墓志铭里,
都会有你的身影与坚强的心并排在一起。

傍晚的雨

乌云挟持了天地,
让傍晚提前败给了黑夜,
狂风嚣张地肆虐在大树和田野。
滚烫的大地发出怒吼,
喷薄出飞沙走石,
而我坐在车里看着窗外,
听着蔡琴的歌曲。

天空被施以电刑,
倔强地扭曲了狰狞的面容,
在喉咙深处发出了极度痛苦的隆隆声,
不断痉挛颤抖,
满身大颗的汗珠,
砸向人间下来。
雨终于暴怒地夹杂着浓浓的疼痛下了起来,
和漫天黄沙走石混战一处,
幸存的大雨珠冲向炙烤了几十个日月的滚烫大地,
发出嗞嗞的声响,

瞬间蒸发成了雾气弥漫。
望着窗外犹如洪荒的战场,
我坐在车里的车座上,
睡意蒙眬。
我停下了车,
在风雨中打起了双闪,
打起了盹。

不知是多久,
一辆从车旁呼啸而过的摩托车,
惊醒了我。
天已是明亮的了,
树和田野是安静的了,
我还听到了虫鸣,
空气依然滚热的,
只有眼前被洗刷清亮的柏油马路,
和西南角那垂垂欲下的夕阳,
告诉我刚下了场雨,
还是在傍晚。
点燃的发动机依然轰鸣,
向远处的下一个钟点开去,
留给身后只有时间的背影,

伴着傍晚落幕。

我与岁月同行,
行驶在红尘往事里,
等待……

静谧的夜

冷冽的北风吹灭了群星,
月亮躲在灰棉花做成的云被里瑟瑟不停,
万家灯火在遥远的夜空下忽明忽暗,
寂静在黑夜里无限延展。
宽阔的马路汽车闪着灯疾驰而过,
留下寒风在路上翻滚难过。
路边偶有孤单的身影移动,
黑色的背影倏忽就消失在黑得发白的远处。
零下的温度,
冻结了桥下的河面,
闪着刺眼的白光。
深沉的夜,
冻结了空气里的寂静,
吞噬着一切声响,
包括心跳。

万物都屏住了呼吸,
没人敢大声喘气,

生怕黑夜的寂静被不小心打碎,如玻璃那样,
无序地划伤自己的喜怒哀乐。
我站在没有开灯的窗前,
看着这一切,
暗自偷偷地叹了口气,
顿时听见了心碎的声音。

寒夜晚风

我走在长安街上,
浅酌着晚风。
川流不息的是汽车和时间,
留下的是背影与记忆。
一年好似流星划过夜空,
去年许下的愿望来不及实现,
这就又把双手握举在胸前。

我们的年纪已不配谈论青春,
却又还不能言则回忆当年,
或许我们正当年吧。
国贸 CBD 参差的高楼,
点缀着多少华灯,
异彩纷呈。
那玻璃面每盏灯华的背后,
照耀着多少梦想,
不管是否年轻,
不管是万里山河还是柴米油盐。

我在想,

在这熙熙攘攘的时光里，
我走过的每一条路，
遇过的每一个人，
做过的每一件事，
有谁还记得，
连我都快忘记了。
这是一条单行线，
我们都要向前，
虽然前方有可能只是前方，
但每一个人都好像争先恐后，
用尽全力。
奔跑吧，
趁还能跑得起来，
也不必去追逐飞翔，
只要是时候了你就会腾空而起。
也不要在意你还只是在走，
因为这样也许更稳当。
但不要原地踏步，
因为死神的阴影在身后已经笼罩，
请不要这么早就用脚跟敲响地狱的屋顶。

我走在长安街上，
浅酌着晚风，
灯火精彩！

午后暖阳

午后在时间上闲坐,
阳光在微风下犹如凋零的花朵,
飘洒在屋顶,
又从天窗坠落,
把慵懒倾泻在楼梯上,
一级又一级,
一直流淌到客厅,
化成一片睡意。

伸手掬一捧放在手心,
把头颅埋进去呼吸。
光芒,
倏忽进了心底,
去翻阅灵魂密室里的秘密,
一起又一起,
现在都让阳光普照,
漂浮些许犹豫。

移步坐在二楼的楼梯,

让阳光来冲个澡吧,
冲掉今生黑夜里的梦魇,
灭杀经年累月遗留的荼毒,
照亮心灵的角角落落,
让亮堂的心房,
住进开心的欢乐,
跑来无忧和无虑,
嬉戏。

那里,
微风温柔,
花开满楼!

平原落日

一望无际的平原,
染尽绿色,
河流在其中顽皮嬉戏,
像极了银色的脉络。
在远方地平线的尽头,
有一颗摇摇欲坠的太阳,
在晚风中似是喝醉,
红着脸,
土豪一样撒了一地的金辉,
耀眼得都要灼伤贪婪的灵魂。
我坐在河岸上,
对着银色的河,
绿色的田野,
和金色的光辉,
卸下了俗世的喧嚣与烦扰,
把生活和生命都抛在一旁。
只用时间静静地呼吸,
只用本能慢慢地摩挲河面的微风,
灵魂如炊烟一样从我身后升起,

一襟晚照的我犹如金色的雕像坐在那里，
眼里充满了未来。
心早已拓印在冥王星上，
等待五十亿公里外的相会。
那是有多远？
多远又如何！
其实已在路上。

夕阳和残雪

夕阳是落寞的,
残雪是孤独的,
一个不愿坠落天涯,
一个难舍人间。
曾经的宿敌,
在这个傍晚,
她们还是打了个照面。
已没有温度的斜阳温柔地看着那已残破不堪的雪儿,
默默无语,
寂静喧嚣。

夕阳悬垂于西天,
闭上了眼。
她能感觉到即将到来的黑夜,
因为她已聆听到那天幕被松开的声音。
是不是该离去了?
不管西山背后是一望无际的天地,
还只是一个可以安睡的山谷,
好像都该去的,

哪怕是一场坠落。
时间催她向前，
命运让她从容不迫。

残雪困守于草地，
闭上了眼。
她总是记起那一天，
天地一片空白，
她肆意地漫天飞舞，
周围团团围绕的都是她的姐妹们。
她们一起越过高山，
掠过大海，
在青松上跷着二郎腿，
在草地上打着滚，
和风一起奔跑、呼号，
癫狂地对天地说：
这是我的世界。
她们一起追打落叶，
一起摇晃枯枝，
一起和梅花打情骂俏，
一起拍打着窗户，
一起在路灯上跺着脚，
从早上闹到夜里，

困了就抱在一起睡在大地上，
堆起一层层的梦乡。

如今，
她困守草地，
早已阵亡的姐妹们或已埋葬于地底，
或已升腾去了天国。
她在黑夜里集结信心，
在阳光下苦思良策退敌，
可是她在等什么？
等待下一场雪的救援？
还是在等待一个未知的奇迹？
看着已经寂灭的夕阳，
若有所思，
明早，
恐怕来不及和她作场告别。

夕阳和残雪，
明天烈日下的那场暴风雪，
我们再见！

静静的阳光

星期天的早晨,
太阳凝固了时间,
阳光笼罩着寂静,
道路、树木、车辆、行人都成了舞台的布景。

沿着白墙根的小路前行,
阳光璀璨无法直视,
我像被曝露在舞美强光下的舞台,
些许紧张,
但此刻内心却无比安宁。

挂在天宇的那只金色大蜘蛛,
惬意地将金丝吞吐,
网罗整个天空和大地。
所有的飞鸟、鱼虫、走兽,还有我们
都成了它的猎物,
而猎物们已被金色的温暖麻醉,
兴奋地等待成为它的饕餮大餐。

我行走在路上更像被它的金丝牵引，
每一根毫发都被一根金丝粘连，
每一个毛孔都被灌入了温暖的迷药，
我早已成为太阳的傀儡，
沿着长长的洁白的墙的布景，
上演着我的人生大戏！

流浪的星光

我因为一个愿望而陨落,
在寂静的宇宙流浪,
路过亿万颗闪烁的眼睛,
哪一颗会是你的仰望?
我的生命之躯,
擦过星际之门点燃自己。
借助燃烧的光,
找遍了宇宙的每个角落,
谁能决意用我的热,
去温暖你守望的双眸,
去擦干两行常流的清泪。

我在时间之墙上流浪,
穿过无数光年,
逃过天涯茫茫,
想过形同陌路,
看过青春成白发,
做过的梦已化烟云。
路过死亡的时候,
看见了一颗洁白的舍利,
那是石化的誓盟和彼时刻下的我的小名。

拥挤的夜晚

我穿梭在长安街拥挤的喧嚣里，
世界却是寂寥无比，
每个人每辆车像布景一样循着既有的轨迹。
我想逃离，
逃离到一块玻璃后，
坐下来喝杯啤酒看着，
看看这世界到底是不是我的独角戏。

穿过残破的地下通道，
找不到临街的酒屋，
移步，
向交错的岔路里深走。
喧嚣渐渐抛入身后，
道旁树次第淹没了我的背影，
终于在外番的大使馆旁找到了间啤酒屋。
坐在阳台藤蔓植物的下面，
一个人坐着三人台，
世界变得寂寥，
我却喧嚣起来。

思考沸腾，
惬意勃发，
诗情泛滥。
尽管我还是安静地坐在那儿，
手捧一杯溢满泡沫浮华的啤酒，
向着路灯下的路故作深沉，
嘴角已弯起不可察觉的弧度！

灯下的新月

我怀抱新月坐在路灯下，
灯卖力地打发着白光让我看不见丁点月色，
我擦拭了下栏杆上的光辉，
放在眼前仔细辨别，
是昨夜灯灭后落下的月光，
还是今夜路灯淌下的张皇。
我闻了闻便放弃了，
无色无味。

我怀抱新月坐在阳台上，
看着青色的路在楼下向两边展开，
铺向天边的梦想，
只不过是在我看不见的拐弯处。
我试着靠回忆去想象，
但它早已逃出我的记忆之外，
我只能怔怔地发呆。

我怀抱新月泡了杯铁观音，
用月色提香，

把静谧加沸,
烹煮这无边的夜。
我要坐在窗前守候下一个夜晚的到来,
才能喝上我泡的茶。

我怀抱新月,
想飞如鸟,
去世界的尽头,
见见那个老头儿,
问问能否考他的研究生。
他说:等你过了时光这一关吧,
在有限的岁月里!

长安街的车灯

长安街的车灯,
像白天太阳遗落人间的触角,
顽皮于大街小巷,
错过了傍晚最后的归期,
直到夜幕高挂,
才急急忙忙地寻路回家。

他们从多少条街巷中走出,
又聚集在这宽阔笔直的长安街,
簇拥着,
排着队,
首尾相连地赶着路,
或是意见不统一,
也就分成两队各奔东西。

他们闪耀着骄傲的光华,
在夜幕下乔装成太阳的样子,
壮着胆子在漆黑里大摇大摆,
摇晃着脑袋,

吵吵嚷嚷地向前涌着。

相信前方路的尽头是个归宿，
或许是太阳安睡的山谷，
或许是明天流连的梦乡，
也总好过在这里坚守黎明，
换来一场可能不期而遇的风云，
遮没了太阳。

当黄昏降临大地

当黄昏降临大地,
脚底板生起了凉气,
无论在哪里都无法逃避。
浑身打起寒战,
对明天充满恐惧,
战战兢兢。
当黄昏降临大地。

当黄昏降临大地,
梦魇开始苏醒,
它一步步向我走近,
为什么那么着急?
太阳还没落下,
星星也没逃离,
我还没打算放弃,
为何你步步紧逼?
当黄昏降临大地。

当黄昏降临大地,

回忆就开始在思想的天地里泛滥、溃堤，
每一朵回忆的浪花，
都会泛起几瓣曾经。
如今它犹如枯萎的玫瑰花瓣，
一片片掉落，一地，
无法收拾无法整理无法叹息。
当黄昏降临大地。

当黄昏降临大地，
我在一地的花瓣中，
寻找失落的种子，
我要握紧它如希冀。
在我的心底，
筑起一座小屋，
把希冀安放在那里，
然后挂上锁扔掉钥匙，
与外面的不安隔离，
等待明天的黎明。
春风十里，
吹散覆盖在屋顶的踌躇思绪，
放飞希冀自由地呼吸。
当黄昏降临大地，
我就站在这里！

我在夜里奔跑

我将我命运的祭坛设在白昼的山崖,
那里有太阳驻守,
梦想的宝匣,
闪耀着银光等我去打开,
它隔着我一个死亡的距离。

我从远处出生,
生来就追赶着地平线,
和未知的未来赛跑,
在这条单人跑道上,
沿途阳光、雨露、忧愁、痛苦、荫翳、迷雾……

我在迷雾中迷途于黑夜,
屏住呼吸赶路,
以为前途必然等候在来路,
带着黎明。
可昨夜我闻到了死亡的气息,
迫近我兜转一圈的原点,
我大声呼喊,

爬上最远的山峰，
向佛祖祈祷一颗北极星，
照亮我迷失的方向，
穿过黑夜。

我在山顶建一座小屋，
在屋里挖一个白昼的通道，
把灯火点得通明，
把空气灼得温暖，
把佳肴备齐，
把床笫铺好。
我将从这里出发，
去追逐白昼下的光华，
在死亡的跑道上，
从容地将自己献祭，
给那些银光闪烁的梦想。

阳光在天空中舞蹈

在天地之间的大舞台上,
清风吹起小号,
百鸟在群声和唱,
阳光在天空中舞蹈。

她一个回旋掠过草甸和树梢,
惹得青草惊呼,
树叶欢笑。
她一个大跳越过座座山岗,
引来众多山丘此起彼伏,
肩并肩攒向天空眺望。
她在湖面一个点转,
旋起道道涟漪,
波光粼粼。
她翩跹上天空翻转,
在云朵间跳跃。
那金子做的百褶裙绚烂耀眼,
遮蔽了蓝天;

浑身散发的希望气息，
充满了人间。

我站在辽阔的未来高原上，
看阳光在天空中舞蹈。

辑三 似水流年

浮萍

一朵小小浮萍,
生于无名的青苔,
趁着时光,
在水上自由地浮游。
他要顺着溪流,
去看看世界的外头。

越过山涧,
飞过巉岩,
游走在高山草甸间,
追逐白云的倒影,
歇息在红花的荫翳。
赶上乌云翻滚大雨滂沱,
小溪泛起山洪,
那就向前冲!
义无反顾,
跳下断崖与瀑布共舞。
墨绿的深潭将他没入,
在水底翻滚挣扎,

憋着一口气，
潜泳上千米，
终于又见湛蓝的天宇。

看见森林树木列队敬礼，
看见岸边小草深深跪伏，
看见阳光抛洒金色的微笑，
看见一望无际银色的湖，
看见广袤无边的青青草原，
看见雪山在远处撑起穹庐，
看见百花把地毯铺向天边。
这里有高山、深水、大草原，
就在这里生根发芽，
开花结果，
向索尔和露娜①祈祷吧，
这也是明日之神的愿望。

---

① 索尔和露娜是罗马神话里的日神和月神。

秋意说

秋风慵懒在大街上，
随手翻阅着夏天的遗迹，
拨弄可乐罐，
摇动遮阳伞，
也去把那些午睡的旧日子
偷看。

阳光温柔地在地上撒欢，
一只脚踏在地上，
一只脚已踩在了车顶，
一个跳跃又拉着午后的时光高兴地跳起了舞，
温暖着每一口呼吸，
温柔心底。

我晃悠在街心，
收集着喜爱的秋意，
有湛蓝色的心情，
有金黄色的希望，
还有淡淡的忧伤和远方。

走走，走走，
就这样，就这样，
不慌不忙，
挺好，挺好。

阳光握住了我的手，
要把忧伤拉走，
我却皱起了眉头，
不是不舍得而是怕未知的拥有。
秋风围绕我转了一个圈，
打量我的脾气，
揣摩我的心理，
倏忽在我耳鬓窃窃私语：
我知道你的过去。
我问道：
那我的未来呢？
它笑而不语！

末法季

我和我躺在时间的沙滩上，
脚抵大海，
面朝夜空，
任生命的海潮拍打着历史的浪花，
衰退在脚底。
那一刻，
我们熔铸成永恒之沙，
消失在一粒世界里。

我拥抱着我，
调匀呼吸随海风来去，
放逐思绪到天际。

末法之季，
你向往世里怀疑，
我已在红尘里早退，
手拉着我隐居在这里。

如果结了果,
掉落在肯定来的未来里,
震响了整个四季,
告诉你,
可以来这里收拾明天一起。

似水流年

山水可以擦肩而过,
日月也可以毫无瓜葛,
只是流年似水,
总是在乱云飞渡间,
换了一个又一个故事,
出出入入了我们和人们。
一些执迷不悟的情事,
到如今是否已变得不值一提;
一些刻骨铭心的爱情,
是否在那个角落,
早已被覆盖上了岁月青苔和时光红尘,
变得模糊不清。
如果说爱情是时间在人间播种的谎言,
那么那些被谎言划破的一道道暗伤,
时间做不做得了解药?
我穿过时间之墙,
在红尘光影中倥偬,
寻找自己的影像,
面目全非的我们还能找得到自己吗?

背着行囊走了一重重山水，
好似又回到了原点，
放下包袱，
这里还是故乡吗？
和自己相识的人早已远去，
当时的一草一木也已流转了多少个四季，
谁还识得自己？
我们毕竟只是我们，
看着那些在旧年轮里泛起的绿意，
总显得已经格格不入。
背上行囊吧！
虽然我还没那么快和过去冰释前嫌，
和未来也没准备美妙的约会，
但就算在死亡面前只是个过客，
就算我脚下只是条条荒径，
就算我知道每一片记忆只是曾经，
我也打算前行。
我要在阳光下去张罗一场姹紫嫣红的花事，
在冷暖交织的光阴里慢慢老去。

小草微微

我蹲坐在午后的暖阳里,
跟前还蹲坐着一大群小草。
在微风中轻轻颤抖的叶,
向我倾诉着四季时光易老,
还透露了空气的舞蹈。
叶面上泛起的微微金光,
向我告密阳光的富有,
也掩饰了空气激动的心跳。
我微微一笑,
敞开了上衣的怀抱,
向他们展示我满身的阳光,
和一颗在时光里跳动的希望。

前尘落叶

时光在往世里打磨,
落下的前尘越积越厚,
堵上了来生的入口。

我在那里埋伏了一生的落叶,
文火煎熬,
转世成牢。
我在未来的供状上画押,
招供出叛逃的过去。
那只会预言的鹦鹉,
已被毒哑,
现在在梦境里一次次自杀,
醒来已亡命天涯。

我在隔世里爱上,
相邻的自己,
过去和未来从此混为一谈,
如今略显孤单!

如果可以

如果可以,
让我还背上小书包,
里面除了课本,
还放了很多纸折的方块和玻璃球,
那都是我的财产,
在放学回家的路上飞跑,
伴随着书包里叮叮当当的响声。

如果可以,
让我还拿起赶网,
卷起小裤管,
下到门前清冽的小河里,
站在水中扶着比我矮不了多少的赶网,
用网赶子拍打水面搅动水一直到网口前,
再奋力提起网,
那刚刚露出水面的网里顿时喧闹起来,
有小龙虾爬着,
有泥鳅蹦着,
有小鲫鱼奋力地拍着尾巴,

还有好多不知名的但是很好吃的小胖鱼跳着,
我逐一抓起放到手中白色的塑料袋里,
不多久,我便喊来妹妹,
让她帮忙提着在河岸上跟着。

如果可以,
让我还坐在老屋的那个背风向阳的角落吧!
那里在冬天总是充满阳光,
我搬来一个大凳子放下,
又搬来一个小椅子坐在跟前,
铺开寒假作业开始奋笔疾书并发誓要在今天写完,
因为明天就要开学了。

如果可以,
让我还躺在星期六下午的操场上。
下午放假了,
我和小伙伴们无所事事,
就躺在操场上嘴里衔着一根草。
操场上长满了草,
在春天里开着各种野花,
有黄的、紫的、粉的,还有白的,
像一把把彩色的小洋伞撑在阳光下。
我躺在其中,

看着湛蓝的天,
不会觉得下雨时操场泥泞停用是件奇怪的事,
无法想象天不是蓝色的还能是什么色的。
那时候,
时间很慢,
也很温柔,
一个小学像是上了大半辈子,
不慌不忙。

如果可以,
让我还去村后找我的小伙伴们,
我们三人无聊地从我们村晃到对面那个村,
最后又返回自己的村子。
走过条条荒径,
早已被枯草铺满,
昨夜下的厚霜把枯草染得更黄,
在午后的太阳下更加干燥柔软。
我们随便找个厚实的地方躺了下来,
在十来岁的年纪,
突然觉得人生好烦恼,
日子好无聊。
忽然我闻到了烟火味,
那是我堂兄在不远的沟渠处点燃了荒草,

就这样我们兴奋了起来，
在田野的荒径上到处点火，
一直忙到天黑，
忙到浑身被熏黑，
最后，
一路摇头晃脑地回家去了。

如果可以，
让我还可以和奶奶争吵，
看她佯装打我，用干枯的手，
眼里分明噙满无限怜爱。
那时父亲很年轻，
在我眼里他就是全部的世界；
那时母亲很年轻，
在我眼里她就是家的全部；
那时妹妹很小，
小到才刚上幼儿园，
在第一周就把唯一的课本撕光，
只因为书上的那些彩色的动物和人儿可爱，
被撕下来到处贴，
贴在墙上，
床沿上，
玻璃上，

还有书包上；
那时我也很年少，
年少而无知，
无知而美好。
世界是美好的，
人们是美好的，
时间是美好的，
蓝天大地是美好的，
花儿草儿是美好的，
没有烦恼的烦恼，
让我有片刻的忧愁和深沉，
其余的都是微笑或者大笑。

我在等待

我在等待,
过了一个四季,
看夏荷颓败,
听秋风默泣,
在冬天里开了暖气
也窒了呼吸,
终于守候到了春天,
却站在路边满满的月季里,
蹉跎过去。

我在等待,
下一个四季,
在夏天,我与霹雳和雷雨,
一起喧嚣和欢笑,
在天高云淡的秋季,
我收获金灿灿的稻米,
待有一天,
白雪飘零,红梅添香,
我坐在清冷月光下,

品嚼着已经蒸熟的稻米，
喷香满鼻。
如果到了春天里，
红花烂漫，碧野千里，
我们就去热那亚，
在那里，海风沐浴，
呷一口海盗而来的老咖啡，
把诺言兑换成——
誓言！

凋零的时光

去年的时光已在四季凋零,
今年的时光却又挂满枝头。
时光和时光之间好像是接踵而至,
没有间隙,
让我们觉得那是汩汩清泉绵绵不息,
或许只有在惆怅的午后和孤独深夜的青灯下,
那丝潜伏的霜白才被识破。
但终究雁过无痕的是时光,
而你我已被悄悄地划出一道道暗伤。
嗟叹在胸口徘徊,
却不曾想,
在这之间时光已在背后又喧闹地消失。
徒劳地伸手去抓,
你可感觉得到指缝间哗啦啦的流淌。
已不敢去呼喊:"青春啊,我该如何留住你?"
那就请允许我端起人生的酒杯,
敬一下天地之间滚滚不息的红尘吧!
我干掉岁月,
期待你帮我满上。

旋转的木马

一颗水晶球,
我在外头,
你在里头。
旋开你的按钮,
你开始慢慢地旋转,
围绕着这个宁静的时刻,
空间里袅袅浮泛《天空之城》的伴奏,
空气里弥漫起淡淡的忧伤。

小小的木马安静地转啊转,
似乎对尘世都已看淡,
一圈又一圈,
不紧也不慢。
路过我的目光时,
不起一丝波澜,
却也好似什么都有,
像旧时候,
像老朋友。

尘世于我亦如一颗水晶球，
我在其中围绕着生与死在旋转，
搅动着七情六欲如片片彩色的纸屑，
漫天飞舞，
眼花缭乱。

在寂静的夜晚，
在喧闹的街市，
我在孤单地旋转。
谁在尘世之外凝视着我？
谁又在我们目光相遇时荡漾开？
可是我的老朋友，
还是在另一个更大世界的另一个我，
抑或就是这只还在跟前静静旋转的木马。

婴孩和老人

刚满周岁的婴孩，
牵着父亲的手，
蹒跚地走着，
每一步都是摇晃地踏下，
每一步都会踏开一朵时间之花，
灿烂夺目，
充满生机。
这条她走过的路立刻熠熠生辉，
路边的花草都争相开放，
摇头晃脑花团锦簇地看着她，
仿佛春拂大地。

在路的对面，
走来了一位老人，
拄着陈年的拐杖，
缓慢有序地敲响着大地，
每一次敲击都让夕阳西沉一些，
身影也拉得更长一些，
仿佛天地之门在缓缓关闭。

老人看见了婴孩，
笑容顿时在脸上绽放，
深壑般的皱纹也像要被生机熨平开去；
婴孩也看见了老人，
向他叫唤着无人能懂的话语，
好似要把生机的秘密悄悄告诉老人，
让他可以笑得更好。

他们还在默默对话：
我的青春尚未开封，
我的青春业已成空，
我走向明天，
我流连过去，
我是笑着醒来，
我将笑着睡下。

九月·天空

九月清朗，
我在湛蓝的天空上刻画一朵白云，
用飞机的尾烟写上一行诗句。
顿时白云绽放，
一朵又一朵，
堆满远空。

九月风清，
我在路上路过一片又一片树荫，
飞雀轻松掠过，
留下一行行诗句的残影。
抬头眺望远方，
绿荫像烟火那样，
次第盛开。

九月梦轻，
像一朵白云，
悠闲地飘荡在天空，
高高低低，

远远近近。
像一簇绿火,
静静燃烧,
不紧不慢,
不愠不火,
能照亮四季,
能烧到天荒地老。

九月,你好!

我乘着时光旅行

我乘着时光旅行,
看着窗外路过的绿色童年,
一望无际的田野,
生长着未来和明天。

我乘着时光旅行,
地平线上有跳跃的太阳,
红着脸,
那是我的少年。
我把昨天已经脱掉,
温柔地抱着今天。

我乘着时光旅行,
村庄、河流、小树林,
大马路川流不息,
都从我眼前飞逝。
如今我已成年,
这就是我的人生,
如电影一样一幕一幕地上演,

在这出折子戏里，
我们演着别人的角色，
流着自己的泪滴。

我乘着时光旅行，
躺在座椅上犯起了困。
我想睡会儿，
窗外的风景似已不能给我任何涟漪，
闭上眼休息或者回忆成了我的主题；
我疲惫了，
想在下一个站口下车，
去找回我童年的那片原野。
在那里哪儿也不去，
盖上房子，
扎起篱笆，
养一条黄狗和几只小鸡，
在亲爱的女儿悼亡的眼泪和悲戚中，
我才刚开始活着。

最浪漫的事,没有之一![①]

夕阳的村口,
拉长了我们阳光下的影子,
前途的未知,
似已得到足够的暗示。
你用赤裸的双脚,
来追赶命运的铁蹄,
也只够送我最后一吻。
再见面,
怕已是来生!

---

① 记2016年情人节的两只鹅。

一只盖了盖的可乐空瓶子

一只盖了盖的可乐空瓶子,
深色的瓶身将真相隐藏,
一样在那儿等待着装载,
等待着销售,
等待着兴奋的泡沫,
等待着清凉的世界,
等待着甘甜的生活。

批发商的仓库,
零售商的柜台,
消费者的手,
摇了摇,
晃了晃,
摇出了真相,
晃出了谎言。
退货、退货、退货,
又回到了灌装的大工厂。

肩并肩,

排对排,
和又一批空瓶子一起在灌装线上徘徊。
终于找到灌装的机会了,
兴奋期待地抬起头,
紧盯着上次遗漏掉的可乐,
屏住呼吸感受那顺滑和黏稠。
是的,
就是这样感觉,
就是这样感受,
可为何流下来却流不到瓶里?
因为瓶子还盖着盖子。

看着身边的空瓶子灌满心满意足,
看着眼前流下的想要的可乐,
如何是好?
着急灌装线过会儿停了,
担心下一管可乐味道不一样了,
可是它要去开盖子,
可是它要去开盖子,
一只盖了盖的可乐空瓶子。

辑四

无花果

无题

一叶落下,
砸伤了热情,
冷却成渐次的秋意。
奇怪的是时间,
固执地将热烈包裹进绿意,
要带着它穿过秋天在冬季里取暖,
一不小心,
烧黄了无边落寞,
萧萧而下,
在大地上铺满了回忆,
守护着地下的希冀。
那里,
泥土温暖,
梦乡温柔。

我烧上一壶水,
烦躁在壶里喧嚣到沸腾,
直到安静烫伤了手。
我拿出用一季春光烹炒出的温馨,

放进余生的杯子里,
泡上思考到心疼。
要凉却多久,
才能抿上一口未来,
满屋幸福。
我在佛前端坐,
佛在我面前慢慢地说:
不久,不久!

诺言

用六字真言写成诺言,
我要念叨千万遍,
从白天到黑夜,
与呼吸共眠。

深夜里,
我被日子俘虏,
逼迫我交代出所有记忆。
戴上遗忘脚镣的我不停祈祷,
转动手上的念珠,
一遍遍默念那真言。
诺言的内容会被杀死在时光的断头台,
但它会在真言里复活。

小时候的黄狗驮着过去从梦里跳出,
围绕着菩提树,
打坐,
被智慧果砸中了无知,
从此变得和我一样忧伤。

我把它背上的过去解下，
让它去未来报信，
告诉那时的我：
再把真言念千遍，
那里有你要兑现的诺言。

一次对话

夜深人静,
睡酣梦沉。
灵魂关上了感性的窗户,
防止理智在外窥视。
躯体站起身顺手拉上了麻木的窗帘,
连窗户也挡住,
两人这才坐了下来。

灵魂呷了口茶杯中的思想,
对躯体说:"我想和你好好谈谈。"
躯体没有回答,
只是默默地等待。
"我想退租,
我打算出去看看。"
躯体说:
"为什么?"
灵魂回答道:
"你的租金太贵了,
而且从出生到现在你年年都涨,

尤其成年后,
你涨得太快,
我快付不起了。"
躯体说:
"我没有多涨你哪怕一分租金,
我都是随行就市,
市场如此,
哪家都一样,
不是吗?"
"我实在快付不起了,
再这样下去,
要不了几年我就会彻底付不出租金,
到那时你一样会毫不留情地把我赶走,
我很快就会饿死在马路边,
而你也成了行尸走肉。"

躯体深深地吸了口物欲雪茄,
长长地吐了一圈一圈轻浮的梦想,
散发出浓烈的金钱和名誉的味道。
"那到时候再说吧!"
"不行,
我想趁着现在还有点余钱,
出去走走看看自己喜欢的地方和风景,

是真正地走出去看看,
而不仅仅是一窍瞬间。
所以,我要退租。"
"我要是说不行呢?"躯体反问道。
"你不退租也没用,
我一样会远走,
你一样收不到我的租金,
你知道,
如果我想遁走,
你是拦不住我的。
除非你选择自杀,
拉我一起枯萎。
可是我知道,
那么享受七情六欲的你,
根本不舍得自杀。"
"那你舍得?"
"我也不舍得,
所以我不自杀,
而是出去走走。
其实,
你为何硬要留我呢?
你根本不那么需要我,
而且我的租金也所剩无几。"

躯体低垂着眼说:"让我想想。"
灵魂忽然好奇地问道:
"你收了我几十年房租,
金额不小,
你都拿去干嘛了?"
躯体淡淡地回答说:
"买这样的雪茄,
喝那些昂贵的交易红酒,
追逐或者睡一些名利女人,
还有经常在认命的赌场上玩两把什么的。"
"噢,我知道了!"
"我想好了,
你走吧。"
躯体伸手从怀里的皮夹中掏出了一沓"自由":
"这是今年的租金,
我也退给你,
算我赞助给你的旅游费。
以后记得常回来看看,
我怕我活不了太久!"

一种游戏

一种游戏，
一群人扮演着不同角色，
有真理，
有谬论，
有平淡无奇的话语，
还有一个坐视不管的哲人。
黑夜掩护着真理潜伏，
谬论打扮成真理唠叨，
是真理被谋杀了，
还是谬论被发现了，
在平淡无奇的话语中透露着玄机。
哲人正襟危坐，
假装不偏不倚，
有时候他为真理扼腕叹息，
却又暗自窃喜。
被杀的死后总有遗言，
充满着爱、善良和一样荒诞的无知，
令死亡的颈项套上爱与恨交织的双重花环，
在坟墓中难以瞑目。

在比墓穴更黑的绝望里，
闭上眼比睁眼更容易见到光明，
哪怕那只是虚无的白光一片，
终究给胆小者活下去的勇气，
给勇敢者欺骗自己不断前行的一个锦囊妙计。
当黎明掀开夜幕的幔脚，
逃出来的不一定就是真理，
有时谬论比他更现实。
我们在黑白交错的时间里混淆着是非对错，
我们在无限扁平的空间中无谓地流淌着生命。
没有路牌，
生命对我们来说是个秘密，
就像真理。

天堂隔壁

我们在人间,
用尽一生去追逐死亡,
前人在沿途布满了名利、爱情和罪恶荒诞的陷阱。
当时间的荒草长满旅途,
我们只能听天由命地上路,
猝不及防地摔落进
一个个陷阱,
爬出了一片片遍体鳞伤。
于是我们便告诉自己:
路的尽头是天堂,
到了天堂一切都好。

我们铸造起信念的拐杖,
穿上勇气的大衣,
把坚韧制成皮鞋穿在脚上,
点燃热血的火炬,
跌跌撞撞地去走余下的路。
终于在死亡的跟前,

我们触摸到了一扇燃烧着紫红火焰的大门,
叩响门环的片刻后,
门里走出了一位手持黑镰的黑衣人,
说道:
天堂在隔壁,
不过我这里也欢迎你!

考验轮回

黑夜在光明前自杀,
今天在明天前自杀,
现在在未来前自杀,
我在你跟前自杀。

黑夜没法拥抱光明,
即使他拼命抱住他,
也终究被黎明离弃。
今天走不进明天,
就算他发明了各种工具,
预测明天的天气、气温、紫外线,
但明天只是明天,
与他的预测无关。
现在更无法抓住未来,
哪怕 24 小时睁着眼,
用尽全身气力,
抓住的还是现在。

天道轮回般的注定,

没有的有,
如此,
前赴后继地决心毁灭自己吧!
跌入轮回。

黑夜轮回成花朵,
拥抱光明里盛开自己,
让光明更明亮。
今天死去了,
直到明天的早上,
他又苏醒了,
站在明天里看着全新的自己。
现在在死亡的那一刹那,
看着自己的灵魂,
撞上了赶来的未来,
把那个未来变成了另一个现在。
我也在今世轮回,
轮回不到一个四季,
我就变成了你。

谁是谁非

夜色冰凉,
思绪回响。
希望在阳光下独舞,
失望在夜色里踌躇,
而我在日月间略显孤独。

未来在前方招手,
过去在回首处点头,
我却在光阴里总有一些忧愁。
白天在思考,
西山的山谷中希望是在香甜入梦抑或是抱膝而哭?
夜里在判断,
黑暗中我是继续迈步还是徘徊在原处?
我甚至怀疑,
未来是不是和过去一起编了一个善意的谎言,
好让我现在继续演出。

夜色如水,
清明似镜。

时光图谋在月色里后退，
花和果实在叶下逐一追尾，
是非在路边的小酒馆一直喝到醉，
真理倒满了酒杯，
却一不小心被打碎，
一地的错对，
谁来收拾安慰？

夜色低垂，
睡意沉沉。
星星在天上犯困，
树在路旁打盹，
风在草上打呼噜，
我在这里失忆，
谁会扶我回去入睡？

现实与梦想

对未来饥渴难耐,
我就烧上一壶纯净的思想,
插上生命能量的插座,
用220伏的思考来煮沸。
再倒进夜深人静的茶杯,
让夜晚的时间来冷却温度。
在对未来死心之前思想煮熟之后,
我一口气喝了一个满杯。
梦想嘴唇的龟裂创口被湿润,
再次连接成一片,
可以开阖解释现在继续的理由。

现在总是把未来绑架交给过去,
如此的卖力,
一刻也不曾停息,
让梦想在未来无法高枕无忧地装模作样。

现实总是偷窃梦想再走私给生活,
从此生活有了梦想也有了幸福的奔头,

谁知道其实那只是个赝品,
梦想本尊早被现实拘禁,
或许出于妒忌。

但她没有谋杀之心,
每日把自己的食粮——柴米油盐——喂食给她,
看见她还是日渐消瘦,
最后她把自己最好的食物——
所谓规则包括潜的,所谓责任包括强加的,
所谓阶层都是人为的却是存在的等——
给她享食,
可梦想她依然无法下咽,
勉强吞食结果也呕吐不止。

现实别无他法,
说出了一个让梦想惊醒的事实:
世上不止你一个梦想,
我也曾是,
而且也不止我一个,
但只有我活下来,
其他都如你现在这样,
后来都绝食而亡,
只有衣冠道具还在生活里跑着龙套。

我明白你现在所有的感受,
因为我也曾这样。
可是,
我活着,
因为我摆弄起了柴米油盐,
游走过那些规则,
肩负起其中一些责任,
见识了阶层也把它纳入目标之中。
其实,
每一个现实,
或许都是曾经的梦想,
很多很多现实中梦想已死,
但总有一些只是披着现实外衣的梦想者,
活着并在路上,
他们才值得钦佩,
他们才配讨论梦想的高贵血脉。

我愿是朵云

我愿是朵云。
白天躺在空中午睡,
吹着轻风,
晒着太阳;
晚上躲在月亮背后偷窥,
看人间红尘,
看万家灯火。
在花开的春天里,
我在高山草甸上追逐自己的影子。
在夏天的雨季里,
我在群峰之间环绕嬉戏,
捉着迷藏。
如果到了天高风清的秋天,
我啊,
就往上飞,
往上飞,
一直往上飞,
我要贴近那蓝色的苍穹,
在那最高的地方看星星眨眼睛。

下雪了,
梅花也开了,
我裹上冬天的迷彩,
在田野里玩失踪,
在江面上摆迷魂阵,
我也想跟阿瞒借箭十万,
等到夜晚降临,
对着繁星灿烂的夜空齐射,
下一场流星雨。
我就守在高丘上,
虔诚地许着许多愿望:
如果明天晴空万里,
我要乘风而去,
去追逐扬起的船帆,
乘风破浪,
去追逐飞驰的火车,
一日千里,
去追逐璀璨的太阳,
普照天下,
去追逐少年的梦,
无边无际。

我被取名成唐

在历史的辉煌往事中，
梦想披上了理想的外衣，
经常在内心里徜徉，
你瞥了一眼，
从此给我取名为成唐。
顿时我的笑容如春蕾开放，
由心灿烂；
顿时我的心灵如热油遇水，
热烈响应。
梦想从来都是独行，
未奢望共鸣；
历史从来都是往事，
未思考重拾。
我也只在微醺的时候倒出来下酒，
在卧床清醒后再回收，
除了我谁都不会认真记得，
我也成了自娱自乐，除了暗自决心。
成唐，
我叫成唐，

我是真心的开心，
从此我的梦想有了名字；
我是真心的高兴，
从此我在理想的国度有了同行。
佩戴上这枚徽章，
烙进了我跳动的胸腔，
这是你授予的骄傲，
里面饱含真心，
足以让我奔跑千年，
足以让我力顶千钧，
足以让我远梦成真。

我有一颗种子

我在贫瘠的荒漠上捡到了一颗种子,
它饱含了希望。
那时,
在我乌云翻滚的心空上投下了一缕阳光,
在我波涛汹涌的心海里筑起了一座灯塔。
我兴奋地将它揣进胸口,
用我身体的温度为它驱寒,
用我褴褛的大衣为它挡风,
用我跳动的心脏给它活力,
用我虔诚的信仰为它祈祷。

前途考验,
荒漠的罡风撕裂我的大衣,
夜晚的极寒冻僵我的身体,
疲惫和饥渴让我奄奄一息,
我已无力支撑身体跪立去祈祷。

我需要一次忘我的修行,
需要一次歇斯底里的勇气,

需要一次舍身的抗击,
将生命的轨迹撞击成自己想要的程序。
我无法再怀揣种子走进风暴,
它会被席卷遗失,
或是冻毙在黑暗的旅途。
失去了它,
我便会迷失在荒漠里和希望一起枯萎,
更无前行的需要,
不过是奔向死亡。

找一处避风的深坳,
挖一个孤独却安全的坑,
拿出我这颗心爱而伟大的种子,
埋藏在这儿吧!
安静地等我回来,
我会战胜荒漠的心机,
我会把握命运的奇迹,
我终将会穿过荒漠来到一片湿润富饶的草原。
那时,
我将带上自由的蓝天,
装上满满皮囊的清水,
来到这里,
带回种子把它种植在向阳温暖的山坡上。

每天守望着施肥浇水,
在一个姹紫嫣红的烂漫时节,
将发出嫩芽,
开出永不凋谢的希望之花,
随我闯荡天涯,
随我四季变化,
这里将是永恒之家!

当梦结出无花果

在深夜,
我把梦的扁舟停泊在沉睡的码头,
卸下满仓沉重的现实,
挂起自由的风帆,
在心思的广阔大海上,
乘着想象之风全速前进。

那海的深处有座美丽隐秘的岛,
在早已被时间荡涤煞白的沙滩上,
有一棵我过去种下的棕榈树,
已是满身伤痕,
如今它成了倔强矗立在那里的资本。
树下埋藏着,
每次我路过都要的祭奠。

祭奠的海洋刮起了暴风雨,
撕裂了梦的扁舟,
把我卷进了内心的漩涡,
栽入了下一层梦境的大河。

弱水三千，
渡不过羽毛更何况我，
彼岸开满了白色的花朵，
那便是佛法的解脱，
花叶相错的曼陀罗华，
无悲无喜，
任四季蹉跎。
三途河上七情痉挛，
我失足倒在了河里，
惊醒在黎明笼罩的床铺上，
空气里弥漫着笑颜，
回响着小米粥在锅里的歌唱。
一切都会有的，
早安，
早上！

黑洞的呼喊——引力波

恒星扑在宇宙的怀里,
绽放着浓烈的热望和灿烂的笑容,
持之以数亿年华,
也未能增加宇宙丝毫温度
和打破沉默的黑暗与寂静。

熊熊的火焰和璀璨的光芒,
来自哪里?
来自永恒之星的内心聚变,
那是星心的燃烧,
亿万年都不曾衰减。

燃烧吧,燃烧!
照亮你仰视的宇宙面庞,
看看在星系的边缘是否曾闪现过微笑与动容。
燃烧吧,燃烧!
摸摸你依偎的宇宙怀抱,
感知下在那时空扭曲的隐蔽之处是否产生过感动与温暖。

你以永恒之心燃烧起永恒之火,
在火焰的赤峰上流逝亿万年的性命,
待星心耗尽,
死亡坍塌之时,
你也不忘拼命吸入散落天宇的光与热,
要把它们储藏在你已烧空的躯壳之中——一个黑洞。
那里让热无法散发,
让光无法逃逸,
就在死亡的最后,
也要深情地呼喊最后一遍宇宙,
用引力波。

待黑发成殇,
白发覆额,
那黑色的洞穴将以白洞重生,
将光芒和热望喷薄而出,
诞生出新的太阳,
守望!

我将用一只眼睛看世界

我将用一只眼睛看世界，
对世界睁一只眼，
对未来闭一只眼。

我将用一只眼睛看世界，
在夜晚失去了聚焦的能力，
可能踏上不存在的台阶，
也会跨错不止一级的楼梯，
那我也要在黑夜里前行。

我将用一只眼睛看世界，
一只眼里的时间在飞逝，
另一只眼里的在沉睡。
而我的时间还在原价出售，
没有打折。

我将用一只眼睛看世界，
一只看到的是白，
一只看到的是黑，

闭上了双眼都是黑，
睁开了双眼也还有黑，
我在白中诉讼，
我在黑中结案。

我将用一只眼睛看世界，
没有了余力去左盼右顾，
只能集中眼力走当下的路途，
这是祸还是福，
没有人可以占卜假装的糊涂。

我将用一只眼睛看世界，
看到，
一样的水清山绿，
一样的姹紫嫣红，
一样的蓝天和白云，
一样的霓虹灯下的笑靥，
一样的日落等待明天的日出，
那为什么没有两只眼时满足？

我将用一只眼睛看世界，
世界没变，
眼光没变，

时间没变,
空间没变,
但,
角度变了,
就变了,
地平线起伏不平,
望远镜望不了远近,
而我们也在睁着眼沉睡不醒。

辑五

九层塔

第一层　忘情塔

月光朗照,
我匍匐在我的思绪上,
而思绪匍匐在窗口。
夜空殷蓝,
你在我的窗口撒下了白磷,
冷冷地闪烁着你的光影。
嘴角弯起浅浅的微笑,
轻轻扬起低低的眉毛,
如当日一样曼声私语地展开了你的故事。

那是在江南的一个繁华闹市,
那里河汊纵横,
游人如织,
古老的运河还在翻吐着泡沫,
吹嘘着它见识的古往今来。
年迈的寺庙半夜依然回荡着钟声,
到得了客船也到得了彼岸。

就在那座御码头岸上的不远处,

有一片残留的老街,
覆盖着厚厚的历史尘埃,
任凭风雨轮回不能擦拭去分毫。
走进里面窄窄的长长的深巷,
时光就会在你的脚踝间穿梭倒流,
吹来的冷风像是在深深的岁月里浸泡了太久,
犹如液体一般在你身上身旁脚下流过,
也打磨着脚下的鹅卵石。
它们已磨得光滑透亮,
透着神秘的、幽幽的光,
像在嘲讽着红尘往事。

走着走着,
转过了几道弯,
走过了几道轮回,
方向早已枯萎,
暴露在玻璃罩下的指南针瑟瑟发抖,
或是因为恐惧,
或是因为阴冷。
往前再走,
时间的沙漏也倏忽破碎,
坠落出的细沙凭空消失。
脚步飘忽,

如醉如痴。

走了不多久,
在更深处便现了一座塔。
塔身倾斜,
斑驳漆黑,
浮屠有九级,
木质的身体经历风雨,
怕是已逾千年,
如今即使在微风中也吱呀作响,
似要随时倾塌却未曾倾塌。
塔身无名,
却在悠悠众口中口口相传,
此为忘情塔。

第二层　塔忘情

情为何物？
只教人生死相许。
情为何物？
纵是海枯石烂不敢与君绝。
情为何物？
不在乎朝朝暮暮却又一日三秋思泪流。
情为何物？
生死两茫茫也要上穷碧落下黄泉把你寻。
情为何物？
蛊得了金罗大仙帝王将相，
惑得来凡夫俗子乞丐走卒。
连绵亘古，
无数人被施蛊，
却无人能解毒。
情为何物？
喝光孟婆汤，
踏平奈何桥，
跌破了轮回，
却终了不断的缘劫。

既知情为何物,
失之,
忘情业已成以卵击石的任务。
既知情为何物,
得之,
纵使修不得神仙眷侣,
也要得凡夫幸福。
那为何又要忘情?
因为生命本来就是一个残缺的圆,
跌落尘世的我们,
一边,
在红尘中滚滚向前,
在功名利禄觥筹交错中消遣,
支付着青春年华和有限岁月。
一边,
在每一个醒来的清晨,
在梦醒之间,
在每一个明媚阳光的中午,
在耀眼的倏然恍惚之中,
在每一次日月交班、星辰掌灯、
天幕缓缓落下的寂寥孤独时刻,
生命停顿,时间静止,
我们总会清楚地感受到那个缺,

那不可或缺的缺,
在昭示我们红尘一遭的初衷。
这片刻的闪烁,
深烙心底,
他日相遇,
生命必将震颤,
时光必将彷徨,
自己也必将笑看自己的所有规则——坍塌糊涂。
可是时间总是开着玩笑,
命运也在阳光下张罗着阴谋,
当你遇到的时候,
不是疏忽错过,
就是已失去了爱的资格。
爱别离,
怨长久,
求不得,
放不下,
得留人间多少爱,
迎浮世千重变。

人世熙熙攘攘,
那是哪年哪月?
一对痴情的人儿,

儿郎叫林，
姑娘唤夕，
求之不得，
放之不下，
日日剜心夜夜渗血，
明明是青丝年纪已霜鬓攀爬，
明明是正午之时却晦暗重霾，
人世的壁垒突之不破，
层层的追讨步步为营，
一对可人的人儿，
绝望深陷。
凝眸对视彼此的眼底，
看到那闪烁的爱焰冉冉不息，
他们哪来的勇气哪来的决绝？
终于手挽手，
十指相扣，
一起爬上了九级浮屠。
他们深情看着对方，
相约一起纵身跃下，
既然红尘不能遂愿，
祈望在那天国明殿前能得到上帝的祝福。
那天他们登上了塔顶，
再没人见他们走下来。

只是在正午的时刻，
晴天里一声霹雳，
在太阳里下起了一场雨，
无云无风也无声。
也是自那年，
耸立经年的浮屠也年年倾斜一点，
像是在沉思，
像是在默哀，
也像是在找寻。

又是哪年哪月开始，
总有和林、夕一样的一对对一双双人儿，
攀塔去顶，
想是同命相怜，
想是凭吊追思，
想是去寻找勇气，
但天从无异相再生，
上去的对对双双也大多都被众生目睹而下，
但，
却多是自塔下分道而去，
各奔东西。
那眼底的爱焰熄灭了吗？
无人知晓，

但身上的热情却看得到,
似是奄奄一息。
又是过了多少岁月,
悠悠众口口口相传:此塔能忘情。

第三层　情殇

日月轮回，
晚风在历史的裂隙里穿越了多少春秋，
轻抚着阿月的额头，
和温柔地帮她梳弄头发阿成的手。
相爱不到一个春秋，
但却好似很久很久。
那甜蜜的拥抱和亲吻一刻抵上永恒，
那相思的孤独与苦闷一夜值得三秋。
真爱无暇在错误时间的路口，
或早或迟了左右。

你或拥有了什么都没有的有，
我却没有了什么都有的没有，
相拥而泣的眼泪已能泛起绝望的方舟，
歇斯底里的争吵早已将心个个击碎，
仅存一缕的希望装载在方舟，
在绝望的泪河上摇晃颠簸，
不知哪一个浪头就会被吞没。
每次捡起玻璃般破碎的心，
紧紧握在胸口，

任由划破道道伤口，
流出鲜红的血液，
妄想把心如初般拼接。
求不得，
怨长久。
阿成和阿月，
为成全彼此的所谓自由，
为解脱自己找一个借口，
相约忘情塔楼。

手紧牵着手，
心紧贴着心，
一起开始登攀这九级浮屠，
一起超度这前世万千次回眸。
登上这岁月浸泡千载的忘情塔，
每一步木制的台阶都泣诉呜咽，
唱着悲伤的歌，
为即将葬送的爱情哀鸣。
每跨上一级，
都好似踩开了一间幽闭的墓室，
从里面浮升起魂影重重，
那都是曾在这里埋葬的爱情。
塔的窗户早已破败，
无情的风趴在窗口，

尽情地大声嘲弄着从这走过的每一对人儿。
在这些孤魂残魄围绕之间,
在所有哀怨的台阶像钢琴一样伴奏的丧歌中,
在所有窗口喧嚣的嘲弄讥笑声里,
两个人儿的心悬挂在左侧,
被无情地鞭打。
热血被冷却在黑暗中,
被饕餮吞噬,
脸色苍白如病重的月色。

两个人儿紧紧搂抱在一起,
颤抖地攀爬,
一步步,
一级级,
一层层。
蜿蜒的楼梯通向幽暗的坟茔,
越来越黑越来越窄,
待到六层,
只够一前一后接踵而行。
阿成走在前头,
一只手紧紧拉着阿月,
把她护在后头。
风在拼命地摇晃着这座伤心的塔楼,
左摇右晃,

手脚并用,
终于爬到了顶层。
那里有一个孤魂般的窗口只有窗框,
在月色浸染下成一个灰色的噬人巨口,
在等待着自投罗网的人头。
窗头的墙上居然有几行深刻的字,
久经岁月依然看得出绝望的痕迹,
阿月从阿成脚跟后伸上头,
念出那排排的遗言:
"林哥,
我们相约来此共赴黄泉,
情比死坚,
那一日你一笑而跃,
至死回眸对我脉脉含情。
我却对着你跃下的背影,
退却了,
害怕了,
背叛了,
未能随你而跳下。
我无颜再见你,
地上也好,
地下也罢。
——阿夕"

第四层　谁伤了谁？

念完遗言的月雕塑般僵立，
满眼泪滴。
不知是为这留言人伤心，
还是为自己悲戚。
成望着她沉默不语，
空气凝结已无法呼吸。

"如果是你，你会先跳吗？"
月问成。
噙满泪滴的双眼溢满了希冀，
只须一个字，
她万死也不推辞。
但等到的只有沉默不语，
时间如眼泪那样一秒一秒地滴落，
凝结出一片死寂。
心跳被暂停，
呼吸被放弃，
月在等待回答，
伴随着越发的焦躁与丝丝攀升的怀疑。

"你会和那个夕一样做吗?"
成终于张口。
一记无声的霹雳穿过颅顶电击在月的脑海,
海涛顿时翻滚,
狂风顷刻肆虐,
风暴卷起漩涡,
将理智的小舟瞬间吞没。
海水暴涨,
在眼眶决堤,
如洪流奔涌,
淹没了胸前衣襟,
那里一直蕴藏有与成相爱的火种。

"你为什么不正面回答我?"
月用凄厉的声音怒问。
"那你又为什么回避我的问题?"
成一声冷哼。
那冷冷的声音连他自己都被冰封,
犹如冰蓝色的利剑给了月最后一击。
"好!好!好!我知道了,我懂了,
算我瞎了眼,迷了心,一厢情愿爱着你。
我再也不想见到你,再也不想,永不想见!
你会后悔的,你一定会后悔!"
悲恸击晕了月,

转头向楼梯下跌落,
低波的哭泣声直穿地底,
提前敲响了地狱那边的屋顶。
她要向黑白无常提前报到,
她要把孟婆还没煮好的汤一饮而尽,
她要违规穿过还在封闭保养的奈何桥,
她要跳下轮回,
忘记这世和这里。
终于跌倒在第八层的楼梯口,
月终于有了口喘息,
在心底又有了一丝往日那样的怨念:
"怎么还不下来拉回我的手?
你拉住了,我就有不走的借口!"
……

"嘭!"
一个沉闷的声响在死寂的夜里传来,
像一个重物坠落在阎罗的案儿,
像一颗星星陨落在轮回的冥河,
像……
月疯了地爬向九层的窗口,
可那里现在,
只有一个空空噬人的巨口,
在惨白的月光下打嗝。

第五层　如何解脱？

安静了，
时间和空间都安静了，
泪水已被悔恨蒸干，
伤心已被自责替代。
月，
低低地呢喃起来，
听不清的碎碎念，
像是在超度爱情的亡灵。
爱的躯体已沦没，
爱的魂魄已流亡，
路上一个孤单的魂，
沿途没有希望也没有光。

呢喃慢慢靠近窗口，
可以听得清晰自言自语：
"我本知道的，他向来都是如此。
他从来都不喜欢正面回答，
他说行动可以来得更有力。
是的，

他以前很多次都用行动给了我满意解答!
可为何我还总纠结这个?
为何总要他正面回答,
最后都用行动来解答?"

为何不能给他松松绑?
因为我怕不确定,
因为我怕失去。
那他今天为何还要冷哼?
或许他在生我的气?
但即使是一句冷冷的哼,
难道敌得了他说过的千言蜜语?
为何你要这般较劲?
要知道他那时就坐在窗那儿,
要知道他以前也总是用行动来解答,
你不害怕吗?
还是你根本就不关心?
还是你以为他没有那样做的勇气?
还是你本来就是希望刺激,
好让他死毙,
好让你苦海脱离?

不!不!不!

我没有！我没有！我没有！
我绝没有此意！
那你，告诉我，你是为了什么？
我不知道。
你是不知道啊！
说得好轻巧。
可你现在好端端地站在这里，
而他已经没入地狱。
你是不知道啊！
说得好轻巧。
可你现在可以自由走到塔下去，
恭喜，恭喜！
你已成功地把苦海脱离。
你是不知道啊！
说得好轻巧。
你当然会回避他的问题，
因为你现在就是阿夕。

不！不！不！
我不是这样的！我不是这样的！我不是这样的！
你就是这样的，
这本就是场你设的局，
因为来这里就是你的提议！

恭喜,恭喜!
你如今已称心如意!

不!不!不!
我没有!我没有!我没有!
我从没有想过伤害他哪怕一毫一厘。
呵呵,
你说的一切没人再会相信,
因为你好端端地站在这里,
而他已经在塔底咽气。
走吧,走,下去吧,下去。
就如你刚才那样转头下去,
只不过那会儿你是为了把他刺激,
而现在你已达到目的,
大方地,
悠哉地走下去吧!

我没有啊,我没有啊,我没有啊……
我就去证明我的勇气和我无瑕的爱意。
就算我拼尽全力,
也不会让你羞辱我的心得逞,
让你鄙夷。
那我就拭目以待,

看你还要什么把戏。

"嘭!"
又是一片死寂,
这里又只剩一个空空噬人的巨口,
在惨白的月光下打着饱嗝。

第六层　奈何桥边

鬼门关雄伟险峻,
比世间所有的关隘都要磅礴大气;
黄泉路宽阔平坦,
可以任由四驾马车撒欢。
滔滔不绝的忘川河啊,
你为何波光粼粼把忧郁沉没?
鲜红的彼岸花,
在对岸开成一幅草原,
像红地毯铺向天边。
奈何桥飞架两岸,
云遮雾绕,
距离在眼前变得缥缈。

月恍惚间已近桥头,
看见一位和蔼的老婆婆站在那儿,
向她招着手:
"姑娘,前途遥远,喝口汤上路吧。"
一夜伤心流泪早已口干舌燥,
月三步两步到了跟前。

"姑娘，前途未卜，你可要回头望一望？"
月儿登上左边一土台（望乡台），
顺手扶在一石块（三生石），
回首一望，
看见了那座忘情塔，
平生的记忆都化作洪流，
通过她的手涌向她的心台。
心台上睡着一个人，
他把双眼睁开，
含情脉脉，
把月儿看来，
脸上绽放出阳光的神采，
紧闭的嘴唇颤巍巍地张开，
唤了一声"月儿！"

月的记忆像被点燃，
一生景象像奔驰列车外的景物飞逝，
所有的亲情、友情、爱情都化作冰雨浇湿。
月在惊恐中惊醒，
在绝望中溃退，
记起这里是哪里，
猜到了阿婆的姓氏，
也知道了这碗汤的用途：

喝了，
就会忘记，
所有前世的记忆，
包括阿成；
喝了，
就要跌落，
踏入茫茫尘世的轮回，
永远无法相见，
哪怕最后一眼！

这汤决计不能喝！
阿婆已慢慢将碗递到她跟前，
她要推开，
可胳膊已背叛；
阿婆将她的头扶住，
她要扭头，
可脖子已僵硬；
阿婆还是将汤往嘴里灌，
她要呼喊，
可声音已逃离。
她眼睁睁地看着碗朝她灌，
眼眶被泪水溢满，
面孔被绝望铺盖，

心魂死死地守在心台，
看还在笑盈盈看着自己的人儿，
黄色的汤像滚滚洪流肆虐进她的身体，
冲毁她的心台，
瞬间吞没了那里躺着的人和脸上最后的精彩。

"啊!"一声迸发，
失去的声音和身体又回来，
拼命的叫喊，
疯狂的推搡，
"砰!"一声，
"唉，又摔碎了我一只碗"。
一声老婆婆的叹息传来。

第七层　阿夕

"月儿。"
又是一声轻唤。
像是从隔世传来,
陈旧却又熟悉。
像是从九霄传来,
遥远而亲近。
像是春风化雨而来,
轻柔又温暖。
这是微风中一朵带雨梨花,
却如晴空中一记无声霹雳。

月将双眼睁开,
泪蒙蒙,
眼迷离。
这是哪里?
是梦里,
还是天国里?
是现在,
还是过去?

一个身影没入眼底，
一份笑容映入眼帘。
那是谁？
笑容那样温柔，
眼眸饱含情意。
是成哥吧?!
那时候，
无论是快乐在一起，
还是吵架赌气，
他只要看见了我就会很高兴，
好像天底下再无其他，
好像注视着烂漫春花，
好像我就住在他心底。
这一定是天国里，
因为他已先我而去，
我的最后一次赌气将他推了下去，
以前赌气后他也是这样，
只要又看见我就噙满笑意，
挂在嘴角。

月扑进眼前人影的怀里，
抱紧到窒息。
泪滴像夏日天边的暴风雨泼洒入地，

身体像地震的山岩抖动不已，
哪里还有声音哭泣，
一口气始终没能喘息。

一声长长的叹息，
打破这天国的寂静，
回荡在阳光铺满桌椅的屋里。
月倏然抬起头，
看见一个老妪就站在那里。
"她是谁？"
"她就是阿夕。"
成慢慢答道，
"是她把我救起，
也是她救了你。
那年，
林哥和她相约跃塔殉情，
就在那个噬人的窗口，
一前一后，
林哥一跃而下，
含笑离去。
阿夕在最后一刻害怕犹豫，
挣扎了终于没了勇气，
徒留下了背弃。

可爱意何曾虚伪?
可誓言何曾假意?
负载林哥整个生命的沉重十字架,
那一刻起就架上了夕的身体,
尖锐的悔恨编织成铁藜戴在头上,
从此只敢在黑暗里喘息,
从此只能在地狱口讨食。
上天震怒,
用晴空里的霹雳和无情嘲弄的暴雨击溃夕的心灵岸堤,
昏倒在地。
不知过了多少夜,
渐渐苏醒的夕暗自立下一誓……"

第八层　重生

"醒在噩梦中的我,
焚烧了心灵,
铸造一组誓言。"

一个陈旧而灰暗的声音插断了成的话语。
老妪站在那里,
阳光斜射在她背上,
阴影枯萎在她脸庞。

"我在窗口铭刻了留言,
是给午夜魂回林哥的忏悔,
是给后来者的劝诫。
我在心口铸造了誓言:
要救一对成双跃塔的情人,
给林哥坚信的真情以抚慰。
那夜,
黑色的月亮投下黑色的月光,
黑暗中我摸下了塔,
双手刨出黑暗的墓穴,

亲手把他和我的灵魂一起埋葬，
留下这具躯壳独自彷徨。

松针根根，
生出悔恨，
松针尖尖，
刺痛回忆，
把松针铺满了地，
用悔恨和回忆编织成席，
期待牵手的爱情给回忆止疼，
等待跃塔的殉情把悔恨驱离。

风雨不息四季，
日月不停轮回，
数十年，
有孤独落下的痴情儿郎，
有形单落下的苦楚女娘，
落下来的神情悲愤，
落下来的泪流不止，
落下漠然与呆滞，
落下伤心和别离。
我救得活一个人的性命，
也葬送了两个人的情缘。

我救不活一对成双,
也解脱不了自己的悲伤。
殉情的塔变了心,
从此声名忘了情。

忘情塔,
塔忘情,
林哥的身影,
萦绕我拨动悲鸣的琴,
用六十年的光景演奏,
用一万个日夜放映生死别离。
直到遇见你和你,
一出死亡两人重演,
一声呼唤两次喊出,
你们死了,
两个曾经的你都死了,
你们活了,
从此活成了一个你。"

说完这句,
老妪在阴影里露出灿烂的笑容,
那灿烂将身后的阳光熄灭,
苍老的脸上荡漾开欣慰的涟漪。

成与月相拥而泣，
不经意阿夕的转身离去。
从此没人再见过老妪，
只是来年的春风里，
林哥的坟上有了两朵黄花相依。

第九层　忏悔

如果生命是天空，
希望就是那风，
爱情是那双手放飞的纸鸢，
在无风的夜晚就会坠落。

如果生命是团火焰，
燃烧的只是信念，
爱情就是那朵光明的闪烁，
在真空绝望里也能复活。

如果光明也会下跪，
那他一定是跪向另一片光明，
如果爱会死亡，
那他一定是面对另一份已死的爱。
人生只有三天两晚，
何以抱憾填满。